Auf die schlaue Wolfsdrachin
kann Dragid sich immer verlassen.
Sie ist eine treue Gefährtin!

Die weise Drachenkönigin
[illegible]st die Anführerin
[illegible]achen im Feuerland.

Die gemeine Kröte
dient Seiner Majestät,
dem König der Schlangen.

Der machtgierige
Schlangenkönig ist ein
gefährlicher Basilisk.

Grit Poppe
wurde 1964 in Boltenhagen an der Ostsee geboren.
Sie studierte am Literaturinstitut in Leipzig und schreibt
Romane für Kinder und Erwachsene. Grit Poppe lebt mit
ihrem Sohn und ihrer Tochter in Potsdam.

In der Edition Bücherbär bereits erschienen:
Dragid Feuerherz – Die Perle des Lichts

Anke Dammann,
geboren 1967 in Friedrichshafen am Bodensee, studierte
Grafik-Design in Dortmund. Nach ihrem Abschluss arbeitete
sie zunächst als Grafikerin in Werbeagenturen, machte sich
1998 selbstständig und lebt und arbeitet seitdem als freie
Illustratorin in Wuppertal.

Grit Poppe

Dragid Feuerherz

Hüter der Drachen

Mit Illustrationen
von Anke Dammann

EDITION
BÜCHERBÄR

Dragid Feuerherz

Hüter der Drachen

In neuer Rechtschreibung

1. Auflage 2007

Einband und Illustrationen von Anke Dammann
Gesamtherstellung: Westermann Druck Braunschweig GmbH
ISBN 978-3-401-09148-8

www.arena-verlag.de

1. KAPITEL

Die Nacht der Finsternis gab es nur einmal im Jahr, und sie war die dunkelste aller Nächte. Der Mond schien nicht, kein Stern leuchtete am Himmel. Sogar die Feuer in den Vulkanen erloschen für einige Stunden. Wie ein schwarzer Schleier hing die Nacht über dem Feuerland.

Dragid lag am Eingang zur Höhle der alten Drachenkönigin Otronia und hörte sie ein paar Schritte entfernt leise atmen. Der junge Drache konnte nichts sehen. Sosehr er sich auch bemühte – alles um ihn blieb im Dunkel. Wie seltsam kam ihm die Welt in dieser Finsternis vor. So seltsam, als wäre gar nichts um ihn herum da, als wäre nur er selbst da, er und das goldene Ei und sonst nichts.

Dragid wärmte das Ei mit seinem Körper und bewachte es wie einen Schatz. Ab und zu stupste er ganz vorsichtig gegen die Schale, nur um sich zu überzeugen, dass alles in Ordnung war. Bald würde aus dem Ei die Drachenprinzessin schlüpfen – die zukünftige Königin von Feuerland.

Warum hatte die mächtige Drachenkönigin Otronia ausgerechnet ihn zum Hüter des goldenen Eis bestimmt? Er war jung und unerfahren. Und außerdem konnte er als einziger Drache in Feuerland kein Feuer speien. Zwar war er einer der besten Flieger – kein anderer in seinem Alter flog so hoch wie er, und kein anderer sauste so schnell wieder hinab. Für seine Flugkünste hatte der alte Taro, der ehrwürdige Ratgeber der Drachenkönigin, ihm sogar den heiligen Regenbogen verliehen, den nur wenige der Feuerland-Drachen tragen durften. Doch einige der jüngeren Drachen spotteten über ihn. Denn Dragid konnte nicht nur kein Feuer speien, sondern aus seinem Rachen kam Wasser! Einfach nur Wasser! Dabei strengte er sich wirklich an. Dann spürte er einen Druck im Magen, und etwas sprühte aus seinem Rachen. Allerdings kein Feuer. Kein einziger Funke, nicht einmal ein Hauch von Qualm.

Aber wie es schien, stand er unter dem persönlichen Schutz der Drachenkönigin Otronia. »Ich bestimme dich zum Hüter des goldenen Eis in der Nacht der Finsternis«, hatte sie gesagt. »Auch wenn du Wasser speist statt Flammen, so hast du doch ein Feuerherz.« Hatte er nach solchen Worten einen Grund, sich Sorgen zu machen? Er schüttelte den Kopf, und seine Barthaare, die noch ziemlich kurz waren, streiften dabei das Ei. Außerdem fiel ihm Ylvia ein, die immer zu ihm hielt, auch wenn es mal ein Problem gab.

Dragid dachte an ihre leuchtenden Augen mit den langen Wimpern. Die Art,

wie sie ihn manchmal ansah, gefiel ihm und machte ihm doch gleichzeitig Angst. Ylvia gehörte zu den Wolfsdrachen. Sie hatte Wolfsohren und Wolfsaugen, ja sogar einen Wolfsschwanz. In Vollmondnächten jaulte sie wie ihre Urgroßmutter den Mond an. Dragid lächelte unwillkürlich. Ylvia war anders als die anderen jungen Drachen, nicht nur wegen ihrer funkelnden Wolfsaugen. Sie besaß auch die Schlauheit eines Wolfes. Sie ließ sich nichts gefallen und sie konnte zubeißen, wenn es sein musste. Aber er selbst war ja auch anders! Er spuckte Wasser!

Dragid seufzte. »Wieso muss ausgerechnet mir das passieren?«, flüsterte er in die Finsternis der Höhle hinein. Ylvia scheint das jedenfalls nicht zu stören, überlegte er weiter. Vielleicht fand sie seine seltsame Fähigkeit ja sogar interessant? Sie mochte auch das rote Mal auf seiner Stirn, das er von klein auf besaß, und für das er schon manches Mal von den anderen Drachenjungen gehänselt worden war.

Er schloss die Augen, um ein bisschen besser über Ylvia nachdenken zu können. In seiner Vorstellung sah er die Wolfsdrachin zu ihm aufsehen, während er Flugkunststücke vollführte. Er beherrschte schon ein paar gute Tricks, sogar den doppelten Salto schaffte er bereits. Vielleicht wollte Ylvia mit ihm zusammen fliegen? Schließlich hatten sie Ferien und mussten nicht in die Schule, um dort zum Beispiel etwas über die Entwicklungsstadien von Wasserschlangen mit Karpfenkopf zu erfahren oder sonstige Nebensächlichkeiten, für die sich Dragid nicht im Geringsten interessierte. Zuerst würde er Ylvia beibringen, auf einer Wolke zu schaukeln. Das war wirklich ziemlich einfach. Außerdem konnte man auch ganz gut zu zweit auf einer Wolke schaukeln, vorausgesetzt die Wolke war groß und dick genug . . .

Als Dragid die Augen wieder öffnete, dämmerte es im Feuerland. Einen Moment wusste er nicht, wo er sich befand. Er gähnte und drehte sich um. Da erblickte er die schlafende Otronia. Ein paar Sekunden starrte Dragid die Drachenkönigin ratlos an. Natürlich! Dragid war in ihrer Höhle! Er schüttelte den Kopf und seine Barthaare zitterten im aufkommenden Wind, der in die Höhle blies. Irgendetwas fehlte . . . *Fehlte?* Mit einem Schlag war Dragid hellwach. Das Ei! Das goldene Ei! Wo steckte es bloß? Dragid sprang auf und starrte auf die Stelle, an der das Ei gelegen hatte. Er erkannte einen seltsam geformten Fußabdruck im weichen Moos, und eine metallisch glänzende Feder lag da, mit rotbraunen Sprenkeln, die wie getrocknete Blutstropfen aussahen. Sonst nichts! Verzweifelt drehte sich Dragid einmal um sich selbst. Das darf nicht wahr sein! Das ist sicher nur ein böser Traum, wirbelten ihm die Gedanken durch den Kopf. Ihm wurde schwindlig, als hätte er zu viele Saltos in der Luft gedreht. Dragid versuchte, ruhig zu atmen. Vielleicht war das Ei nur weggerollt? Er musste die Höhle durchsuchen! Vorsichtig schlich er umher und sah in jeder Ecke nach. Aber alles, was er fand, war eine Maus, die quiekend davonrannte, als sie ihn bemerkte. Im hinteren Teil von Otronias Königinnenhöhle, die ihm plötzlich so riesig, mächtig und bedrohlich vorkam, dass er sich ganz verloren fühlte, sah er zwei gelbe Punkte leuchten. Als er sich näherte, entdeckte er einen Flughund mit kleinen gelben Ohren, der schweigend mit dem Kopf nach unten an der nackten Felswand baumelte. Wahrscheinlich hatte er sich gerade zum Schlafen dorthin gehängt. Dragid sah sich nach

Otronia um. Die allmächtige Drachenkönigin, die im Schlaf ganz sanft wirkte, schnarchte leise. Der Schrei der Maus hatte sie also nicht geweckt. Dragid atmete auf, aber die Erleichterung währte nur kurz. Die Angst um das Ei wand sich wie eine Schlange um seinen Hals. Einen Moment dachte er daran, einfach aus der Höhle hinauszulaufen und wegzufliegen.

Aber wenn ich jetzt fliehe, hält mich jeder für einen Dieb. Sogar Ylvia. Dragid stöhnte verzweifelt. Er blickte zu Otronia, die zusammengerollt dalag, als würde sie etwas bewachen. Ein winziger Funke Hoffnung glomm plötzlich in ihm auf. Vielleicht hatte sie ja das Ei in der Nacht zu sich geholt?

Zögernd schlich Dragid näher an die Drachenkönigin heran und beugte sich dicht über sie. Otronia schlug die Augen auf und starrte ihn an. »Wo ist mein Ei?«, fragte sie.

2. KAPITEL

Dragid ließ die Flügel hängen. »Es ist alles meine Schuld«, sagte er so leise, dass es fast ein Flüstern war. »Ich bitte euch nur um das eine: Gebt mir die Chance, das goldene Ei und den gemeinen Dieb zu suchen!«

Er blickte Taro in die Augen, der den Rat der Ältesten in der Höhle der Drachenkönigin einberufen hatte. Königin Otronia anzusehen, wagte Dragid nicht.

»Richtig, es ist deine Schuld!«, gab ihm Taro wütend recht. »Aber glaube ja nicht, dass wir dich beauftragen, das goldene Ei zurückzubringen. Du hast dich als unfähig und unwürdig erwiesen!«, schnaubte er aufgebracht.

Die Drachen vom Rat der Ältesten murmelten zustimmend. Einige fauchten und pafften zornige dunkle Ringe in die Luft.

»Nicht noch einmal werden wir einen Nichtsnutz wie dich mit einer so wichtigen Aufgabe betrauen«, knurrte Taro.

»Ich werde das Ei finden und die Drachenprinzessin retten!«, rief Dragid trotzig. Er warf jetzt doch einen Blick zu

Otronia hinüber, die zusammengesunken an der Feuerstelle lag und mit glasigem Blick in die Flammen starrte. »Und ich werde es zurückbringen, das verspreche ich euch.«

Statt eine Antwort abzuwarten, sprang Dragid plötzlich auf und stürmte aus der Höhle der Drachenkönigin. Er hörte noch, dass Taro ihm etwas hinterherrief, aber er achtete nicht darauf. Mit einem kräftigen Flügelschlag erhob er sich in die Luft und flog davon, ohne darüber nachzudenken, wohin er eigentlich wollte. Nur fort, fort von Taros bösen Worten, fort von den vorwurfsvollen Blicken der alten Drachen und fort von der stummen Drachenkönigin. Ihr Schweigen war noch schlimmer als Taros Vorwürfe. Sicher sorgte sie sich schrecklich um ihre Tochter.

Eine Weile schlug er wie wild mit den Flügeln, im Takt seines aufgeregt klopfenden Herzens. Dann flog er so tief über einen Vulkan, dass er die aufsteigende Wärme der Lava an seinem Bauch spürte. Ein Stück weiter ließ er sich auf einem Felsvorsprung aus erkalteter Lava nieder und blickte in die reißende Strömung des Glitzernden Flusses. Was soll ich nur tun?, dachte er ratlos. Ich muss das Ei mit der Drachenprinzessin rechtzeitig finden. Das Feuerland ist in großer Gefahr! Ohne eine neue Drachenkönigin sind wir alle verloren!

Auf einmal hörte er das Geräusch von schlagenden Schwingen. Folgte ihm Taro etwa? Dragid blickte auf

und erkannte Ylvia, die auf den Felsen zuflog, auf dem er saß. Sie ließ sich an seiner Seite nieder. Dragid war dankbar, dass er nicht mehr allein war, gleichzeitig schämte er sich.

»Dich trifft keine Schuld«, sagte Ylvia noch völlig außer Atem. »Du bist überlistet worden.«

»Wie soll ich das Ei bloß jemals finden?«, murmelte Dragid vor sich hin.

»Lass uns gemeinsam suchen«, schlug Ylvia vor. Sie neigte sich dichter zu ihm, und er blickte sie verwirrt an. »Fällt dir nichts auf?«, fragte sie.

Dragid betrachtete Ylvia etwas genauer, und er bemerkte, dass sie einen komischen Ohrschmuck trug. Er seufzte. Typisch Drachenmädchen! »Hübsch«, murmelte er, um nicht unhöflich zu sein. Gerade wollte er ihr erklären, dass ihm für so was jetzt eigentlich die Zeit fehlte, da fiel ihm auf, dass er die metallisch glänzende Feder, die in ihren Wolfszotteln steckte, schon einmal gesehen hatte.

»Ich habe Otronias Höhle nach Spuren abgesucht«, erklärte sie. »Wir müssen nur herausfinden, zu wem die Feder gehört.«

Dragid nickte verblüfft. Wieso war er nicht selbst darauf gekommen? »Aber welcher Vogel ist so stark, dass er ein Drachenei mit sich forttragen kann?«, überlegte er laut.

Ylvia zuckte mit den Flügeln. »Darüber habe ich auch schon nachgedacht.«

»Sieht aus wie eine ganz gewöhnliche Feder«, meinte Dragid und betrachtete das rot-braune Sprenkelmuster, das ihm in der Höhle der Drachenkönigin wie getrocknetes Blut vorgekommen war. »Vielleicht hat nur der Wind sie in die Höhle geweht.«

»Trotzdem, wir müssen herausfinden, zu welchem Tier sie gehört. Dann wissen wir mehr. Fällt dir jemand ein, der sich mit Vögeln auskennt?«

Dragid musste nicht lange überlegen. »Adino«, sagte er bestimmt. »Mein Freund aus der Blauen Wüste. Er ist zwar ein Mensch, aber der beste Fährtensucher weit und breit. Wenn er eine Feder findet, kann er dir sagen, welchen Wurm der Vogel am Morgen verspeist hat.«

Ylvia lachte. »Du erinnerst mich daran, dass ich noch nichts im Magen habe.«

Sie deutete mit dem Kopf auf den Glitzernden Fluss hinunter. »Ein saftiger Happen wäre mir jetzt gerade recht. Dir auch?«

Dragid nickte. Zwar drängte die Zeit, aber mit leerem Magen aufzubrechen, wäre unvernünftig.

Ohne zu zögern, breitete Ylvia ihre Schwingen aus und stieg ein Stück in die Höhe, ehe sie die Flügel anlegte und plötzlich in die Schlucht stürzte. Dragid folgte ihr etwas besorgt. Ylvia konnte nicht besonders gut fliegen. Ihre Flügel waren mit Fell überzogen und besaßen nicht so viel Kraft. Außerdem waren Sturzflüge nicht gerade Ylvias Speziali-

tät. Doch sie sauste bereits über die Oberfläche des Glitzernden Flusses hinweg. Ylvia sperrte einfach den Rachen weit auf. Ein dicker Kugelfisch landete wie von selbst zwischen ihren Zähnen. Kurze Zeit später saßen sie im Tal der Wispernden Büsche und brieten ihren Fang über einem kleinen Feuer, das Ylvia ohne Probleme entzündet hatte.
Die Sträucher um sie herum boten einen guten Schutz vor neugierigen Blicken. Sie bogen sich im Wind und raschelten. Es klang, als ob sie miteinander tuschelten.
»Schade, dass wir die wispernden Büsche nicht verstehen können«, meinte Ylvia. »Vielleicht könnten sie uns einen Tipp geben, wo wir nach dem Ei suchen sollen. Vielleicht können sie begreifen, was der Wind ihnen zuflüstert.«
Doch Dragid war sich nicht einmal sicher, ob die wispernden Büsche überhaupt wisperten, wie Ylvia behauptete, oder ob sie einfach nur mit den Blättern rauschten. Am liebsten wäre er sofort aufgebrochen. Er betrachtete den dreifarbigen Regenbogen auf seiner Hand, den Taro ihm für seine Flugkünste verliehen hatte, und es kam ihm so vor, als müsste er sich das heilige Symbol noch einmal verdienen. Er durfte keine Zeit verlieren! Doch die Wolfsdrachin schmatzte behaglich vor sich hin. Schließlich rülpste sie, und aus ihrem Maul stieg eine Qualmwolke, die nach gebratenem Fisch duftete. Dragid wartete ungeduldig darauf, dass sie den letzten Happen verspeiste. »Wir müssen los!«, drängte er schließlich, als Ylvia die

Schnauze in die taufeuchte Wiese steckte, um sich zu säubern. Die Wolfsdrachin hob den Kopf. »Wo fliegen wir hin?«, fragte sie.

»In die Blaue Wüste«, antwortete Dragid.

»Die Blaue Wüste ist groß«, sagte Ylvia.

»Wir müssen zum Sternenlicht-See in der Mondschein-Oase«, erklärte Dragid. »Im Salamanderdorf finden wir hoffentlich meinen Freund Adino.«

3. KAPITEL

Die Blaue Wüste, die im Süden des Feuerlandes begann und über die sie seit einer Weile flogen, leuchtete wie ein von der Sonne beschienenes Meer.
»Wie schön die Wüste aussieht von hier oben«, staunte Ylvia.
Dragid, der neben ihr flog, nickte ihr zu. »Aber sie ist nicht ungefährlich. Über der Einöde kann man sich leicht verfliegen.«
»Wie meinst du das?«, fragte Ylvia neugierig.
Dragid zögerte einen Moment. Sollte er Ylvia tatsächlich die Geschichte seiner Bruchlandung erzählen, während sie sich noch in der Luft befanden? Aber sie würde sie schließlich sowieso erfahren, früher oder später. »Ich hab hier mal die Orientierung verloren«, sagte er so beiläufig wie möglich. »Die funkelnden Sandkörner haben mich geblendet und in die Irre geführt. Schließlich bin ich beim Landeversuch in den Sternenlicht-See der Mondschein-Oase gestürzt.« Das klang allerdings ganz und gar nicht beiläufig, und so erzählte er schnell weiter: »Hätte Adino mich nicht aus dem Wasser gezogen, wäre es um mich geschehen gewesen. Damals konnte

ich noch nicht schwimmen, und Adino musste alle seine Kräfte aufbieten, um mich zu retten.«

Ylvia warf ihm einen erschrockenen Blick zu und flatterte einen Moment hektisch mit den Flügeln. »Und die Salamandermenschen?«, bohrte Ylvia weiter. »Haben sie dich nicht vertrieben?«

Dragid schüttelte den Kopf. »Sie halfen mir. Sie kümmerten sich um mich, bis ich wieder zu Kräften kam. Adino besuchte mich jeden Tag und erzählte mir von seinen Abenteuern, die er auf der Jagd erlebt hatte. Und als es mir besser ging, brachte Adino mir sogar das Schwimmen bei.«

Ylvia hielt sich dicht neben ihrem Freund. Es war das erste Mal, dass sie sich aus Feuerland hinauswagte. »Woher weißt du, dass die Salamandermenschen keine Angst haben, wenn gleich zwei Drachen über ihr Land fliegen?«

»Sie sind meine Freunde«, antwortete Dragid stolz.

»*Deine* vielleicht. Aber auf mich werden sie ihre spitzen Dinger schießen, diese . . .«

»Pfeile? Nein, keine Sorge, Ylvia, das werden sie nicht. Die Salamandermenschen fürchten die Drachen nicht.« Dragid spürte ein warmes Pochen der Vorfreude in dem Mal auf seiner Stirn. Endlich würde er seinen Freund Adino wiedersehen! Es fiel ihm ziemlich schwer, auf Ylvia Rücksicht zu nehmen und langsamer zu fliegen, als er es gewohnt war. Am liebsten wäre er schnurstracks zu seinem Freund gesaust.

»Fürchten sie kein Feuer?« Ylvia stieß wie zur Probe eine

schlangenförmige Flamme aus. »Ich dachte, die Salamandermenschen zittern vor uns.«

»Sie sind keine gewöhnlichen Menschen«, erklärte Dragid. »Sie sind Wüstenmenschen. Hitze und Kälte machen ihnen nichts aus. Ihre Haut und ihr Haar sind feuerfest. Sie betrachten die Drachen als ihre natürlichen Verbündeten so wie sie die Salamander als ihre Brüder und Schwestern ansehen.«

Ylvia schwieg nachdenklich. Der Wind stemmte sich jetzt gegen sie, und sie mussten kräftiger mit den Flügeln schlagen.

»Wann sind wir da?«, fragte die Drachin schließlich etwas erschöpft.

»Keine Sorge, es ist nicht mehr weit«, rief Dragid ihr zu.

»Woher weißt du das?«, fragte Ylvia. »Da unten sieht doch alles gleich aus.«

»Du musst genau hinsehen. Dann erblickst du die Sterne und den Mond.« Dragid schaute hinunter und sah ein blinkendes Licht. Es war, als würde es ihm zublinzeln.

Ylvia schnaubte ungläubig. »Die *Sterne?* Und den *Mond?* Was redest du da?«

»Die Blaue Wüste ist wie ein großer Spiegel«, erklärte Dragid. »Du siehst die Gestirne hier nicht nur in der Nacht am Himmel, sondern auch am Tag in den blauen Kristallen des Wüstensandes. Mit ein bisschen Übung kannst du dich an den Sternen orientieren. Schau, dieser glänzende Punkt,

das ist der Stern des Lächelns. Er begrüßt die Besucher der Blauen Wüste.«

»Eine weiche Wiese zum Landen wäre mir jetzt lieber«, brummte Ylvia. »Bist du dir vulkansteinfest sicher, dass wir hier richtig sind?«

»Nun ja, Adino hat mir beigebracht, den Weg auf diese Weise zu finden«, gab Dragid zu. »Jetzt verirre ich mich nur noch manchmal.«

»Nur noch manchmal?«, keuchte Ylvia. »Oh, wie beruhigend!« Zum Glück konnte Dragid in der Ferne bereits den Sternenlicht-See erkennen, an dem der Stamm der Salamandermenschen, zu denen Adino gehörte, lebte. Das Wasser schillerte violett. Das kam von der Sonne, die anfing, sich rot zu verfärben, und die nach und nach in der blauen Wüste versank. Die kleinen Steinhäuser der Salamandermenschen schimmerten in allen Farben. In den bunten Kristallen der Dächer spiegelten sich die letzten Sonnenstrahlen. Dragid versuchte, seinen Freund von hier oben zu erspähen.

Er konnte es kaum erwarten, Adino wiederzusehen. Blitzschnell sauste er jetzt hinab. Plötzlich fiel ihm ein, dass Ylvia seinem Sturzflug nur schwer folgen konnte. Doch es war schon zu spät. Ylvia landete mit einem erschrockenen Schrei auf ihm, und sie fielen gleichzeitig in den See. Dragid kam prustend aus dem Wasser und drehte sich nach Ylvia um. Sie schimpfte vor sich hin und schüttelte sich wie ein Hund, schien aber unverletzt zu sein.

Im nächsten Moment hörte Dragid ein helles fröhliches Lachen, und zwei Arme umschlangen seinen Hals. »Musst du immer gleich baden gehen, wenn du mich besuchst?«, rief Adino und drückte Dragid so kräftig, dass der Drache fast keine Luft mehr bekam. »Ein bisschen Wasser schadet niemanden«, antwortete Dragid mit heiserer Stimme. Er warf den Jungen in die Höhe. Wie ein reifer Apfel vom Baum, fiel Adino abwärts und platschte in den See. »He, Dragid, wen hast du denn da mitgebracht?« Im Nu sprang Adino aus dem Wasser und lief mit federnden Schritten zu seinem Freund zurück. Er störte sich nicht daran, dass er so unvermittelt abgesetzt wurde und jetzt klitschnass war. Adino war ein Junge, der vor keiner Mutprobe zurückschreckte und sich am liebsten von einem Abenteuer ins nächste stürzte. Dabei sah man ihm die Energie, die in ihm steckte, auf den ersten Blick gar nicht an: Er wirkte schmächtig, beinahe hager. Doch sein waches Gesicht und sein Blick, in dem eine unstillbare Neugier schimmerte, ließen etwas von seiner inneren Kraft ahnen. »Willst du mich nicht vorstellen?«, fragte er und lehnte sich vertrauensvoll an seinen Drachenfreund. Das Wasser perlte von seiner schwarz-gelb gefleckten Kleidung ab, in der er beinahe wirklich wie ein Salamander aussah.

»Ich bin Ylvia«, sagte die Wolfsdrachin schüchtern.

»Komm unter mein Dach«, sagte Adino freudestrahlend.

Ylvia blinzelte den Jungen verwirrt an und ließ ihren Blick zu den Häusern des Salamanderdorfes schweifen, die nicht

gerade sehr stabil aussahen. An einigen Stellen waren die glitzernden Steine aus den Mauern gebröckelt. Außerdem waren die Eingänge der Häuser für Drachen viel zu klein.
»Wenn ich unter dein Dach komme, wird deine Hütte auseinanderfallen.«
Dragid lachte. »Das ist nicht wörtlich gemeint«, erklärte er. »Es ist eine Begrüßung.« Er musterte Adino, der schon wieder gewachsen war und ihm nun bis zu den Nüstern reichte. Sein Gesicht war jugendlicher und sein Körper muskulöser geworden, aber wenn er lachte, sah er wie ein kleines Kind aus.
»Komm unter mein *großes* Dach!«, rief Adino jetzt und deutete auf den Himmel.
»Ja, gern«, sagte Ylvia. »Ein guter Wind möge dich in die Höhe tragen.« Ohne darüber nachzudenken, hatte sie mit der Begrüßungsformel aus dem Feuerland geantwortet.
Jetzt sah Adino die Drachin verdutzt an.
»Äh ... Ich meine, wenn du ein Drache wärst.« Sie kicherte verlegen.
»Oder wenn du auf einem reitest«, fügte Dragid hinzu.
»Du wirst staunen, wie gut ich inzwischen reiten kann!«, rief Adino übermütig und pfiff auf zwei Fingern einen lauten befehlenden Ton.
Aus einem kleinen Palmenwald hinter dem Salamanderdorf kam ein seltsames Tier angesprungen: ein kastanienbraunes Kamuru, ein Mischwesen, halb Kamel, halb Kän-

guru. Das Tier, das es nur in der Blauen Wüste gab, konnte auf vier Beinen laufen oder auf zwei Beinen hüpfen. Statt Höcker hatte es Beutel auf dem Rücken, die – wenn sie nicht gerade durch Kamuru-Babys besetzt waren – mit Proviant gefüllt werden konnten. Die Kamurus konnten tagelang ohne Nahrung und Wasser auskommen. Da sie keine Zunge besaßen, sprachen sie nicht, sondern stießen, wenn ihnen danach war, pfeifende, säuselnde, piepende oder andere Töne aus. Auf diese Art bekundeten sie, was sie dachten oder fühlten.

»Wie wär's mit einem Wettrennen?«, fragte Adino die beiden Besucher. »Aber ihr dürft nicht schummeln und einfach losfliegen.«

Das Kamuru wieherte zustimmend und sein Kamelgesicht verzog sich zu einem breiten Grinsen.

Dragid wollte gerade sagen, dass sie eigentlich wegen einer sehr ernsten Angelegenheit Adinos Hilfe brauchten, aber da saß der Junge auch schon im Sattel und trieb das Kamuru mit einem Zungenschnalzen an. »Bis zu dem Kaktus da drüben, der die größten Feigen trägt!«

Das Tier stieg in die Höhe wie ein scheuendes Pferd und machte einen gewaltigen Satz. Dann preschte es auf allen vieren los. Den Drachen blieb nichts anderes übrig, als hinterherzurennen.

Dragid und Ylvia liefen Kopf an Kopf. Ihre Klauen versanken im Wüstensand. Sosehr sie sich auch anstrengten, sie holten das Kamuru und seinen Reiter nicht ein. Allerdings gelang es Ylvia, immer schneller zu rennen, während Dragid langsam die Puste ausging. Fliegen war doch viel angenehmer und einfacher!

Rings aus den Häusern kamen einige Salamandermenschen gelaufen und schauten dem wilden Treiben zu. Als Dragid ein paar Schritte hinter Ylvia und viele Schritte hinter Adino zurücklag, feuerten sie ihn an und riefen seinen Namen. Die Salamandermenschen waren ein höfliches Volk, und Dragid machte es beinahe nichts aus, dass er als Letzter zum Ziel gelangte.

Adino verlor über seinen Sieg kein einziges Wort. Als die Drachen eintrafen, pflückte er ein paar Feigen von dem Kaktus und hielt sie seinen Gästen entgegen. »Lasst es euch schmecken. Sie sind süß und saftig.«

Dragid und Ylvia sahen sich einen Moment lang an, dann bissen sie in die Früchte, saugten ein wenig Saft daraus und schluckten ihn tapfer. Sie wollten nicht unhöflich erscheinen. Feigenkakteen wuchsen zwar auch in Feuerland, aber die Drachen, die herzhafte Speisen bevorzugten, hatten diesen stachligen Gewächsen bisher nie eine sonderliche Beachtung geschenkt und sie als eine Art überflüssiges Unkraut betrachtet.

»Für ein Drachenmädchen läufst du recht schnell«, sagte Adino.

Ylvia lächelte geschmeichelt. »Danke.«

Der Junge betrachtete neugierig ihre Wolfsohren. »Hat die Feder dir geholfen?«
Ylvias Gesicht wurde plötzlich ernst. »Wie meinst du das?«
»Schon gut. Ich wollte damit nicht sagen, dass du geschummelt hast, aber . . .«
»Wegen dieser Feder sind wir hier«, unterbrach Dragid seinen Freund. »Weißt du, von welchem Vogel sie stammt?«
»Vogel?« Adino runzelte die Stirn. »Nun ja, es ist eine Hahnenfeder, aber von einem Hahn stammt sie nicht.«
»Du sprichst in Rätseln«, sagte Ylvia und scharrte ungeduldig mit ihren Krallen im Sand.
Adino klopfte seinem Kamuru den Hals und gab ihm eine

Feige zu fressen. Das Tier kaute genüsslich und stieß einen wohlig seufzenden Laut aus.

»Rätsel sind dazu da, um gelöst zu werden. Doch zunächst erzählt mir, was euch in die Blaue Wüste führt«, forderte Adino.

4. KAPITEL

Die Salamandermenschen waren nicht nur ein höfliches, sondern auch ein ausgesprochen freundliches Volk. Jedem Besucher gewährten sie ihre Gastfreundschaft, und da Drachen nun mal nicht in Menschenhäuser passten, bauten sie ihnen für die Nacht in Windeseile Schlafplätze am Lagerfeuer. Die Betten waren aus Sand, Palmblättern und Seegras zusammengesetzt, und damit sie gut dufteten, hatte Adino sie sogar mit frischen Kräutern bestreut. Aber an Schlafen war nicht zu denken.

Mit sorgenvollen Gesichtern saßen Dragid, Ylvia und Adino am knisternden Feuer, und der Drachenjunge erzählte gerade vom Verschwinden des goldenen Eis in der Nacht der Finsternis. »Als ich aufwachte, war es einfach nicht mehr da, verstehst du? Nur diese Feder lag im Moos.« Dragid zeigte auf Ylvias Ohr.

»Darf ich?«, fragte Adino, und ohne eine Antwort abzuwarten, zog er Ylvia die metallisch glänzende Feder aus dem Fell.

»Au!«, schrie das Drachenmädchen überrascht.

»Honig möge über deine Wunden fließen«, sagte Adino prompt.

»Honig? Igitt!« Ylvia sah den Jungen entgeistert an. »Und überhaupt ... Welche Wunden?«

Dragid seufzte. »Es tut ihm leid, dass er dir Schmerz zugefügt hat«, erklärte er.

»Wieso sagt er es dann nicht?«, knurrte Ylvia. »Ich hoffe, ich muss mir seinen Honig jetzt nicht ins Ohr schmieren.«

Wäre die Situation nicht so ernst gewesen, hätte Dragid über ihre Bemerkung gelacht. Ylvia konnte manchmal ganz schön kratzbürstig sein. Jetzt saß er nur still da und wartete gespannt darauf, was Adino herausfinden würde.

Der Salamanderjunge schwieg eine Weile und untersuchte die Feder genau, er betrachtete und betastete sie, er roch an ihr und wog ihr kaum spürbares Gewicht in der Hand. Dann erhob er sich, immer noch ohne ein Wort zu sprechen, und band die Feder sorgfältig in Ylvias Fell unter ihrem Ohr fest.

»Nun, es gibt keinen Zweifel«, sagte Adino schließlich. »Es ist eine Hahnenfeder, aber keine gewöhnliche. Sie besitzt magische Kräfte. Es ist die Feder eines Basilisken.«

Einen Moment herrschte Stille am Feuer. Ylvia wurde blass.

»Ein Basilisk?«, fragte Dragid schließlich nach. »Was für ein Wesen ist das?«

Adino seufzte. Es klang wie ein schmerzliches Stöhnen.
»Ich habe schon viele Geschichten über Basilisken gehört«, sagte Ylvia zögernd. »Die meisten davon waren schlimm.«

Dragid sah erst den Salamanderjungen und dann Ylvia fragend an. »Ihr müsst es mir sagen«, forderte er leise.

Adino stocherte mit einem Stock im Feuer herum. Ein paar Funken sprangen auf seine Hand, aber das kümmerte ihn nicht. »Es heißt, der Basilisk ist der König der Schlangen«, begann er zögernd. »Er ist ein Mischwesen. Seine obere Körperhälfte ist von einem Hahn, abgesehen vom Schnabel, der so stark ist wie der eines Adlers. Die untere Hälfte ist von einer Schlange. Seine Schwingen und Beine sind die eines Drachens. Und er besitzt den bösen Blick.«

Dragid hätte jetzt gern einen Flügel um Ylvia gelegt, um sie zu beschützen. Aber Ylvias Gesicht nahm schon wieder eine normale Farbe an. Sie sah jetzt kein bisschen mehr ängstlich aus. »Den bösen Blick?«, fragte sie aufs Äußerste gespannt.

Adino nickte langsam.

Ylvias Schwanz begann, ungeduldig zu schlagen, und kleine Steine und Büschel von Seegras flogen umher. »Böse blicken kann ich auch«, sagte sie gereizt, und wie zum Beweis zogen sich ihre buschigen Augenbrauen finster zusammen. »Was ist an einem Schlangenhahn so gefährlich?«, fragte

Dragid und versuchten mutiger zu klingen, als er sich in Wirklichkeit fühlte.

»Der Blick des Basilisken kann dich versteinern oder töten«, erklärte Adino ernst.

»Oh«, meinte Ylvia bloß. »Dann hat er vermutlich wenige Freunde.«

»Er hat keinen einzigen Freund«, sagte Adino. »Alle fürchten dieses seltsame Wesen.«

»Verstehe«, murmelte Ylvia. »Und was hat es mit dieser Feder auf sich?«

»Nun, es heißt, die Feder eines Basilisken habe magische Kräfte und sie könne bestimmte Eigenschaften in ihr Gegenteil verwandeln«, erklärte Adino. »Sie kann zum Beispiel aus etwas Kaltem etwas Warmes machen und umgekehrt. Aus langsam wird schnell, aus hart wird weich oder auch andersherum, versteht ihr?«

»Deswegen hast du mich gefragt, ob die Feder mir bei unserem Wettrennen geholfen hat?« Ylvia klang etwas beleidigt.

»Ich denke, dass Dragid hellwach war, als er das Ei in der Nacht der Finsternis hüten sollte. Aber die Basiliskenfeder hat ihn schläfrig werden lassen.« Adino rieb sich nachdenklich die Stirn. »Allerdings war das sicher kein Zufall. Der Zauber ist benutzt worden, um Dragid zu überlisten und das goldene Ei zu stehlen.«

Dragid musterte den Jungen. Die Sorge stand ihm ins Ge-

sicht geschrieben. So ernst hatte er ihn noch nie gesehen.
»Weißt du, wo wir den Basilisk finden können?«
»Nein«, antwortete Adino und stocherte mit dem Stock im Feuer herum, dass die Funken nur so sprühten. »Aber ich weiß, wen wir fragen können.«

5. KAPITEL

Als Dragid am nächsten Morgen die Augen aufschlug, sah er, dass Ylvia ihre Schlafstätte bereits verlassen hatte. Dragid fühlte sich immer noch müde. Er war spät eingeschlafen, und zu allem Überfluss hatte er von einem Riesenhahn geträumt, der mit seinem Schnabel das goldene Ei in tausend Stücke zerhackte. Dragid gähnte und streckte sich, dabei fühlte er ein paar Tropfen auf seine Haut fallen. Regnete es etwa in der Blauen Wüste? Das kam doch so gut wie nie vor. Suchend blickte er in den Himmel, da hörte er plötzlich Gelächter. Ein paar Salamandermenschenkinder planschten im See und gaben sich alle Mühe, ihn nass zu spritzen. Dragid zögerte nicht lange und schoss einen Schwall Wasser aus seinem Rachen zurück. Die Kinder kreischten, begeistert und verblüfft zugleich. Dragid sandte ihnen noch eine zweite Dusche und winkte ihnen lachend mit beiden

Flügeln zu. Dann erhob er sich in die Lüfte und schaute sich nach Ylvia und Adino um.
Die Strahlen der Morgensonne lagen wie ein glitzernder Funkenteppich auf der Wüste. Wieder kam es Dragid so vor, als würde er über ein Meer fliegen, ein Meer aus Licht und Sand.
Dragid hörte ein Schnaufen und sah unter sich Adino auf dem Kamuru reiten. Neben ihm lief Ylvia auf ihre geschmeidige wendige Wolfsart. Sie war wirklich eine gute Läuferin. Dragid flog nun so dicht über den beiden, dass er beinahe ihre Köpfe berührte. »Warum habt ihr mich nicht geweckt?«
»Du warst noch im Reich deiner Träume«, sagte Adino verwundert.
»Na ja, es war aber kein sehr angenehmer Traum.« Dragid flog wie in einer Spirale nach oben, drehte eine Runde und kam wieder zurück. »Wohin wollt ihr eigentlich?«
»Es gibt hier einen alten Brunnen, in dem vor langer Zeit einmal ein Basilisk hauste«, erklärte Adino. »Dort lebt jetzt die Schlange Samanta. Sie kann uns vielleicht sagen, wo wir den Basilisk finden können.«
»Ihr begebt euch auf die Suche ohne mich?« Dragid konnte es immer noch nicht fassen.
»Ich habe ja versucht, dich zu wecken«, sagte Ylvia. »Aber du hast dich einfach auf die andere Seite gedreht. Außerdem dachte ich mir schon, dass du uns bald einholen würdest.«

Dragid sagte nichts dazu. Er schlug nur etwas heftiger mit den Flügeln. Zum Streiten war jetzt wirklich keine Zeit.

Der Brunnen war eigentlich kein richtiger Brunnen mehr, sondern eine alte Ruine mit lockeren Steinen und einem bröckligen Rand. Lediglich Schlamm und etwas Wasser gab es noch in der Tiefe. Dragid drehte eine Runde über dem Schacht, doch außer einem schwarzen Loch konnte er nichts erkennen. Ein fauliger modriger Dunst stieg zu ihm auf, und der Drache flog etwas höher, um dem Gestank zu entkommen.

Adino sprang von seinem Kamuru, beugte sich über das Gemäuer und blickte hinab. Dann gab er seinem Reittier ein Zeichen. Das Kamuru begann plötzlich, eigenartige zischende Laute auszustoßen.

»Was macht es da?«, flüsterte Ylvia.

»Es lockt Samanta, die Schlange, an«, antwortete Adino ebenso leise. »Es kann die Laute von Tieren nachahmen.«

»Ich hoffe, Samanta ist keine giftige Schlange«, murmelte Dragid, der langsam an seinem Freund vorbeisegelte.

»Oh doch«, sagte Adino. »Sie ist sogar äußerst giftig.«

Da vernahmen sie ein Rascheln, das nicht aus dem Brunnen kam, sondern aus einem Haufen vertrockneter Palmblätter, die zwischen den Gesteinsbrocken lagen. Ylvia wich vorsichtig ein Stück zurück, und Dragid ließ sich vor ihr nieder, um sie notfalls zu schützen. Das Rascheln wurde lauter, doch es war immer noch nichts zu sehen. Dragid spürte ein nervöses Jucken auf der Stirn, an der Stelle des roten Mals. Er hätte sich gern gekratzt, aber er wusste, dass es besser war, sich in Gegenwart einer Schlange nicht auffällig zu bewegen. Ein einziger kleiner Biss genügte, um sogar einen großen Drachen umzuwerfen. Unruhig suchte er mit den Augen das Laub ab. Wo steckte das Reptil bloß? Dragid schnaubte nervös. Vielleicht riss die Schlange gerade ihr Maul auf und wartete auf eine günstige Gelegenheit?

»Keine Sorge«, meinte Adino unbekümmert. »Meist benutzt Samanta ihre spitzen Zähne nur, wenn sie sich bedroht fühlt. Ansonsten bevorzugt sie Tiere, die nicht größer sind als sie selbst. Sie hat häufig Verdauungsprobleme, wisst ihr?«

Dragid wusste nicht genau, was Verdauungsprobleme waren, aber in seinen Ohren klang das Wort irgendwie beruhigend.

Plötzlich schoss die Schlange mit einem Zischen aus dem Laub hervor. Sie glitt an der Wand des Brunnens hinauf, über spitze Ecken und tiefe Ritzen und durch dicke Spinnweben. Ihr starrer Blick war auf die Ankömmlinge gerichtet und verriet weder Furcht noch Freude.

»Was verschafft mir die Ehre eures unangemeldeten und deshalb recht unwillkommenen Besuchs?«, fragte sie schließlich und streckte ihre gespaltene Zunge heraus.

»Wir werden dich nicht lange aufhalten, Samanta. Meine

Freunde sind auf der Suche nach einem gestohlenen Ei«, erzählte Adino ohne Umschweife.

»*Ein* gestohlenes Ei?«, fragte die Schlange enttäuscht. »Ihr belästigt mich wegen *eines einzigen Eis?* In meinem Gelege befinden sich ... mindestens zwanzig, vielleicht sogar dreißig Eier. Oder mehr?« Sie seufzte. »Ich sollte einmal nachzählen, falls euer Dieb mir auch eins stiehlt.«

»Es ist das goldene Ei der Drachenkönigin Otronia, das uns gestohlen wurde«, mischte sich Dragid ungeduldig ein.

»Szszsz, verstehe«, zischte Samanta. »Aber lasst euch gesagt sein, mein junger Herr Drache, es kommt nicht auf die Farbe an, sondern auf den Inhalt.«

»Das wissen wir natürlich«, sagte Ylvia höflich. »Wir sind gekommen, um dich um Auskunft zu bitten.«

»Um welche Art Auskunft, wenn mir die Frage gestattet ist, geht es euch denn?« Samanta legte neugierig den Kopf schief und musterte Ylvia. »Ich kann dir einen freundlichen Werwolf empfehlen, der dich beißt und in einen richtigen Wolf verwandelt«, schlug sie vor.

Ylvia runzelte ihre buschige Stirn. »Nein, danke«, sagte sie etwas frostig.

»Er ist wirklich ein erfahrener Werwolf mit ausgesprochen guten Manieren«, behauptete Samanta. »Sein Biss schmerzt nur geringfügig, und er verabreicht seinen Kunden auf Wunsch auch ein Schmerzmittel.«

»Ich bin eine Drachin aus dem Feuerland«, fauchte Ylvia,

und eine kleine Flamme tanzte aus ihrem Rachen. »Und ich möchte auch, dass das so bleibt.«
»Nichts für ungut, meine Liebe«, sagte Samanta. »Das war nur ein gut gemeinter Rat. Womit kann ich sonst noch dienen?«
Ylvia räusperte sich nervös und dabei stieg etwas Rauch aus ihren Nüstern. »Wir suchen einen ehemaligen Bewohner dieses Brunnens.«
»Oh, es gibt viele ehemalige Bewohner«, antwortete Samanta prompt. »Molche, Geckos, Klapperschlangen, Taranteln . . .«
Ylvia drehte ihren Kopf zur Seite, sodass Samanta die metallisch leuchtende Feder an ihrem Ohr sehen konnte. Die Schlange verstummte, aber nur einen Augenblick. Dann fragte sie in einem eigenartigen Singsang: »Wie kommt ihr zu solch auserlesenem Schmuck?«
»Wir suchen den Basilisk, zu dem diese Feder gehört«, sagte Dragid schroff. »Weißt du nun, wo er ist, oder nicht?«
Die Schlange kniff einen Moment ihre Augen zusammen. Als sie sie wieder öffnete, waren sie rot vor Zorn. »Ihr seid doch nicht etwa der Ansicht, ich würde meinen Herrn und Meister, meinen König, verraten?«
»Wie es aussieht, ist dein König ein Dieb«, sagte Dragid wütend und nicht sehr diplomatisch. Das Mal auf seiner Stirn kitzelte, als würde eine Fliege auf ihm herumspazieren. »Szsz . . . Er kann gar kein Dieb sein«, säuselte Samanta

schnippisch. »Weil alles dem König gehört. Versteht ihr? *Alles*. Und jetzt entschuldigt mich bitte. Ich muss mich um meine einundzwanzig oder achtundzwanzig Eier kümmern.« In Windeseile schlängelte sie sich den Brunnen hinab und wollte gerade zwischen den Palmblättern verschwinden, als Adino plötzlich nach ihr griff. Er hielt ihren Kopf so in der Faust, dass sie ihn unmöglich beißen konnte.

»Du musst deinen König nicht verraten. Du musst uns nur einen Tipp geben. Ansonsten hole ich mir deine Eier und brate sie mir zum Frühstück!«

Die Schlange versuchte, sich zu drehen und zu wenden, aber sie entkam Adinos Griff nicht. Nur ihr Schwanz wirbelte hin und her und schlug gegen den Arm des Salamanderjungen.

»Meine Herrschaften, ich weiß nicht, wo der König sich gegenwärtig aufhält! Oder meint ihr, er informiert jede kleine Schlange über seine Pläne?«

»Nun«, sagte Ylvia. »Wir

wollen dir nichts Böses tun. Aber sage uns doch bitte, wohin ging der Basilisk, dein König, als er aus dem Brunnen auszog?«

»Zuerst muss dieser Grobian von Salamanderbengel mich loslassen!«, forderte Samanta.

»Versprichst du, dass du es uns dann verrätst?«, fragte Ylvia.

»Ich verspreche es.«

»Beim Leben deiner Eier?«, fragte Dragid.

»Beim Leben meiner dreiunddreißig Eier.«

»Gut«, sagte Dragid. »Ich denke, du kannst sie freilassen, Adino.«

Der Junge schüttelte den Kopf. »Sie soll uns sagen, was sie weiß.«

»Lass sie frei!«, befahl Ylvia und richtete ihren scharfen Raubtierblick auf ihn.

»Na schön!« Adino zuckte mit den Schultern. »Aber, glaubt mir, es ist ein Fehler.« Er setzte die Schlange langsam in die welken Palmblätter. Dann ließ er blitzschnell los und sprang einen großen Satz zurück.

Die Schlange tauchte im Nu in das Laub hinab.

»Ein Fehler . . .«, murmelte Adino. »Wie ich gesagt habe.«

Doch plötzlich erschien Samantas Kopf zwischen zwei Steinen. »Schwarzer Berg«, zischte sie Ylvia zu und verschwand.

6. KAPITEL

Der Schwarze Berg lag am äußersten Ende der Blauen Wüste. Er war ein Vulkan, der vor langer Zeit erloschen war. In seinem Krater hatte sich im Lauf der Jahre ein See gebildet, der gelb war wie Schwefel.
Es war ein schweigsamer Flug über die Blaue Wüste. Nur die Schwingen der Drachen rauschten in der Luft. Dragid gab sich Mühe, ohne ruckartige Bewegungen über die Ebene zu gleiten. Er flog so gleichmäßig, dass Adino auf seinem Rücken in aller Ruhe Feigen und Datteln verspeiste. Die Kerne spuckte er in die Tiefe, und danach pfiff er vor sich hin, als wären sie nur auf einem gemütlichen Ausflug. Einen Moment vergaß Dragid seine Sorgen und lauschte dem Pfeifen seines Freundes, das manchmal sogar fast wie eine Melodie klang.

Als sie den Schwarzen Berg erreichten, senkte sich bereits die Nacht über die Blaue Wüste. Ylvia ließ sich erschöpft und schwer atmend am Gipfel des Vulkans auf dem Rand des Kraters nieder.

Dragid landete neben ihr und warf ihr heimlich einen besorgten Blick zu. So weite Strecken war Ylvia nie zuvor geflogen. Adino rutschte vom Rücken des Drachen hinunter und begann sofort damit, auf dem Felsgestein herumzuklettern. »Ich suche den Eingang!«, rief er seinen Freunden zu. Ein paar Steine gerieten

ins Rutschen und polterten hinab. Einige fielen in den gelben See.
Dragid sah ihnen nach und ließ seinen Blick über das Wasser schweifen. »Schade, dass wir keine Zeit zum Baden haben«, sagte er.
»Ein Bad in diesem Gewässer würde dir wohl nicht so gut

bekommen«, behauptete Ylvia. »Siehst du die Dämpfe nicht, die aus dem See aufsteigen?«

Erst jetzt bemerkte Dragid eine neblige Schicht über der Wasseroberfläche.

»Es ist ein saurer See«, erklärte Ylvia. »Wenn du dahinein gehst, fallen dir wahrscheinlich die Flügel ab.«

»Woher weißt du das?«, fragte Dragid erstaunt.

Ylvia seufzte. »Das solltest du eigentlich auch wissen. Oder hast du in Vulkanologie nicht aufgepasst?«

Dragid senkte die Lider. In der Drachenschule gehörte er nicht gerade zu den Besten. Er flog gern, und er schwamm gern. Und er hatte auch noch zugehört, als ihr Lehrer Taro darüber sprach, wie man sich bei einem Vulkanausbruch verhalten sollte. Aber an die langatmigen Berichte über Ascheregen, Glutwolken und saure Seen konnte er sich kaum noch erinnern. Manchmal fielen ihm in der Schule einfach die Augen zu, besonders wenn er vorher mit anderen Drachen gespielt und manchmal auch ein bisschen gekämpft hatte. Zum Glück waren jetzt Ferien und die dauerten in Feuerland eine Zeit von drei Vollmonden.

Dragid sah sich nach dem Salamanderjungen um und konnte ihn nirgendwo erblicken. Da hörte er plötzlich einen Schrei. Adino! Mit einem jähen Ruck stieß sich Dragid von der erstarrten Lava ab und flog los. Er hörte, dass Ylvia ihm folgte, drehte sich jedoch nicht um. Hektisch schlug er mit den Flügeln. In welche Richtung sollte er fliegen? Wo war der Schrei hergekommen? Wieso hatte er Adino bloß aus den Augen gelassen? So laut er konnte, rief er nach ihm. Er vernahm eine Stimme, aber es war nur sein eigener Ruf, der von der Wand des Schwarzen Berges zurückgeworfen wurde. Er versuchte es noch einmal. Wieder folgte nur ein Echo.

»Er ist hier!«, rief Ylvia da. Sie musste nach links abgebogen sein, während er nach rechts geflogen war. Dragid machte abrupt kehrt und sauste um den halben Berg. Da sah er sie endlich. Adino stand am Eingang der Höhle und hielt sich den Kopf.

»Es ist nichts passiert«, sagte er, als Dragid neben ihm landete. »Nur ein kleiner Zusammenstoß.« Adino lächelte, aber als er die Hand herunternahm, sah der Drache, dass der Junge an der Stirn blutete. »Es war ein Flughund. Wahrscheinlich habe ich den Ärmsten erschreckt. Er ist aufgeflogen und hat mich mit seinen Krallen gestreift.«

Dragid betrachtete die Wunde und atmete auf. Es schien wirklich nur ein kleiner Kratzer zu sein. »Na wenigstens hast du die Höhle gefunden«, sagte er. »In Zukunft solltest du aber nicht allein losgehen.«

»Jaja«, murmelte Adino. Er blickte Dragid nicht an, sondern starrte in das Innere der rabenschwarzen Höhle hinein. »Irgendetwas ist dahinten und beobachtet uns«, flüsterte er.

7. KAPITEL

Die Dunkelheit in der Höhle erinnerte Dragid an die Nacht, in der das goldene Ei verschwand. Alles um ihn herum war schwarz. Ein mulmiges Gefühl beschlich ihn.

Adino ging vor ihm, der Drache vernahm seine Schritte, aber er konnte ihn nicht sehen. An dem Hall erkannte er, dass die Höhle groß sein musste.

Dragid zog den Kopf ein, um sich nicht an den Felszacken zu stoßen, und er starrte auf den Boden, um nicht über die Lavabrocken zu stolpern. Aber er konnte nicht einmal seine Klauen erkennen. Was für ein unheimlicher Ort das doch war!

»Soll ich . . .?«, fragte Ylvia in die Dunkelheit hinein. »Jetzt?«

Dragid wusste sofort, was sie meinte. »Ja, jetzt«, antwortete er.

Ylvia fauchte und eine Flamme schoss in die Höhe. Einen Moment war es so hell, dass Dragid geblendet wurde und die Augen kurz zusammenkniff. Als er wieder sehen konnte, bemerkte er, dass die Höhle leer war. Über ihren Köpfen

flatterte allerdings etwas. Das musste der Flughund sein, der mit Adino zusammengeprallt war und der sich von seinem Schreck sicher noch nicht erholt hatte. Seine großen Augen glänzten furchtsam. Vielleicht hatte sie dieses fledermausähnliche Wesen vorhin beobachtet.

Dragid mochte Höhlen nicht besonders. Zwar konnten sie ganz gemütlich sein, und sie schützten vor Regen, kaltem Wind und Hitze, doch dem Drachenjungen fehlte der freie Himmel über seinem Kopf. Er liebte es, wenn er sich von einem Moment zum nächsten in die Luft erheben konnte. Er liebte das Gefühl, einfach davonzusausen, immer schneller und schneller zu werden und immer höher und höher zu steigen. Doch in dieser dunklen Höhle saß er fest wie in einer Falle.

Die Flamme aus Ylvias Rachen erlosch, und sie standen wieder in der Dunkelheit. Dragid spürte das Flattertier dicht um seinen Kopf schwirren.

Noch einmal blies die Drachin Feuer, und diesmal entzündete Adino eine Fackel, die er rasch aus einigen seiner Pfeile gebaut hatte.

Der Flughund huschte hin und her, dann hielt er plötzlich direkt auf Dragid zu. Der Drache duckte sich, spürte aber, wie die Krallen seinen Hals streiften.

»He!«, rief er erschrocken. »Was soll das? Kannst du nicht aufpassen?«

»Der Kleine verteidigt nur seine Höhle«, stellte Ylvia mitfühlend fest.

Dragid schnaubte grimmig. *Der Kleine*. Dieses Biest war zwar nicht besonders groß, hatte dafür aber recht scharfe Krallen. Er blickte sich nach dem Flughund um, der jetzt wie der Blitz durch die Höhle sauste. »Pass auf!«, rief Dragid, als er sah, dass das Tier auf Ylvia zusteuerte. Geistesgegenwärtig hob sie ihren Flügel vor ihr Gesicht. Im letzten Moment wich der Flughund dem unerwarteten Hindernis aus.

Adino steckte die Fackel in einen Felsspalt und legte einen Pfeil auf die Sehne seines Bogens.
»Nein!«, schrie Ylvia. »Tu's nicht!«
Adino zielte noch einen Moment auf das Tier. Erst als die Wolfsdrachin leise knurrte, tauschte er einen Blick mit ihr. Zögernd ließ er den Bogen sinken.
»Warum greifst du uns an?«, fragte Ylvia den Flughund empört. »Wir sind nicht deine Feinde.«
»Vielleicht doch«, murmelte Dragid. Ein seltsamer Verdacht stieg in ihm auf, und er betrachtete das Tier, das gerade an der Höhlenwand entlangkrabbelte und sich schließlich mit dem Kopf nach unten an die Decke hängte. Erst jetzt fielen ihm die gelben Ohren auf. Irgendwoher kannte er diesen Knirps. Er sah ihn heute nicht zum ersten Mal.
»Wer bist du?«, fragte er.
Der Flughund antwortete nicht. Er baumelte hin und her, verdrehte sein Köpfchen und streckte seinen Besuchern die Zunge heraus.
»Du warst in der Höhle von Königin Otronia«, fiel es Dragid plötzlich ein. Er dachte an die Nacht der Finsternis. Flughunde schlafen nachts nicht und haben große Augen, die in der Dunkelheit gut sehen können. Wahrscheinlich hatte der kleine Kerl in jener verhängnisvollen Nacht den Dieb beobachtet. Wusste er etwas über den Basilisk?
»Hör zu«, rief Ylvia. »Wir wollen dir nichts tun. Wir sind auf der Suche nach dem goldenen Ei der Drachenkönigin.

Es wurde gestohlen. Vielleicht kannst du uns weiterhelfen?« Das Flattertier reagierte nicht. Es starrte nur neugierig und ängstlich zu ihnen hinab.

Ylvia beugte sich zu Adino und flüsterte ihm etwas ins Ohr. Der Junge nickte und zog eine Feige aus seinem Lederbeutel. »Möchtest du die haben?«, fragte er nach oben. »Süß und saftig, frisch geerntet. Komm unter mein Dach und speise gut! Äh, ich meine, sie gehört dir, für eine kleine Auskunft. Na, was sagst du?«

Der Flughund sagte nichts. Er guckte bloß.

Adino legte die Frucht auf einen großen Felsstein in der Mitte der Höhle. »Hast du keinen Hunger?«, versuchte er, das Tier zu locken.

Das Wesen beäugte gierig die Feige und leckte sich das Mäulchen. Aber statt herunterzukommen, blinzelte es und gähnte, als wollte es ausgerechnet jetzt ein Nickerchen machen.

Dragid fauchte gereizt und tänzelte ungeduldig von einem Bein auf das andere. Vielleicht sollte er einen Start hinauf

wagen? Ein Flugversuch in einer Höhle war für einen Drachen nicht ohne Risiko. Doch der Hohlraum erschien ihm groß genug, um es zu wagen. Aber gerade als er zum Sprung ansetzen wollte, bewegte sich der Flughund. Er flatterte auf die Frucht zu, schnappte sie sich und sauste plötzlich blitzschnell davon, auf den Ausgang der Höhle zu.

Dragid zögerte nur einen Moment, dann setzte er dem Flüchtenden nach.

8. KAPITEL

Der Flughund schlug einen Haken, er scherte nach links aus und tauchte in die Tiefe. Er war klein und wendig und kannte vermutlich am Schwarzen Berg jeden Schlupfwinkel. Wenn es ihm gelang, sich in einer Nische der steilen Felswand zu verkriechen, hatte Dragid keine Chance mehr, ihn zu schnappen. Der Drache startete einen Sturzflug mit halb angelegten Flügeln. In der Nähe des Vulkanes war das riskant. Er konnte sich verletzen und abstürzen. Aber Dragid hatte keine andere Wahl. Wenn der kleine Kerl nicht die Mühe scheute zu entkommen, musste er einen triftigen Grund dafür haben. Ja, es sah ganz danach aus, als hätte der Flughund etwas mit dem Verschwinden des Eis zu tun! Dragid sauste haarscharf am Vulkan vorbei. Das schroffe Gestein schrammte seinen linken Flügel, aber er achtete nicht auf den Schmerz. Er erkannte, dass der Flughund auf einen Felsspalt zusteuerte. Für den Bruchteil eines Augenblicks sah sich das Tier nach seinem Verfolger um. Diesen winzigen Moment nutzte Dragid. Er schnitt ihm den Weg ab. Seine Klauen griffen zu, und er fühlte etwas Pelziges, das wie wild in seiner Umklammerung zappelte. Auf schnellstem Weg flog Dragid mit seiner Beute zurück in die Höhle. Das kleine Tier wandte sich und kreischte in einem schrillen Ton, aber der Drache ließ nicht los. Die flatternden Flügel kitzelten ihn am Bauch, sodass er ungewollt lachen musste, doch er hielt seinen Fang erbarmungslos fest.

Adino und Ylvia warteten am Eingang zur Höhle. Adino warf ein Netz aus Algen über den Flughund.

Der Salamanderjunge handelte schnell und entschlossen und gab sich dennoch alle Mühe, dem Flughund nicht unnötig wehzutun.

»Wir wollen dich nicht verletzen«, sprach Ylvia auf das zappelnde Bündel ein. »Wenn du uns weiterhilfst, lassen wir dich frei.« Die Bewegungen des kleinen Tieres wurden allmählich ruhiger, und Dragid hörte es leise schmatzen. Das war doch kaum zu glauben! Sogar während seiner Flucht hatte der Flughund die Kaktusfeige nicht losgelassen, und jetzt ließ er es sich schmecken, als wäre nichts passiert.

Ylvia stieß ein bedrohlich klingendes Wolfsknurren aus. Das Wesen hörte auf zu kauen, hob sein Köpfchen und starrte das Drachenmädchen durch das Netz hindurch ängstlich an.

»Vielleicht hättest du die Güte, dein Mahl später fortzusetzen«, forderte sie. »Sag uns jetzt endlich, wer du bist und was du hier machst!«

Der Flughund leckte sich einen Tropfen Feigensaft von der Nase. »Godo«, sagte er plötzlich mit einer dünnen Stimme.

»Mein Name ist Godo. Aber ihr könnt auch Bodo oder Dodo sagen, wenn euch das besser gefällt. Manche nennen mich auch Flodo.« Ylvia seufzte. »Und wie heißt du wirklich?«
»Meine Mama hat mich Godobododododoflodo genannt. Sie mag lange Namen. Aber mein Papa kann lange Namen nicht ausstehen. Er nennt mich meistens Bo und manchmal auch Flo. Ich selbst sage Godoflodo zu mir.«
Dragid und Adino lachten, aber Ylvia blieb ernst. »Verstehe ... äh ... Godo ... Aber wer bist du?«
»Das ist ein Geheimnis«, erklärte der Flughund. »Godoflodo darf nicht verraten, dass er der Spion des Schlangenkönigs ist, sonst tötet man ihn mit einem einzigen Blick.«
»Verstehe«, murmelte Ylvia wieder und ihre Augen funkelten zu Dragid hinüber.
»Wegen uns musst du dir keine Sorgen machen«, sagte der Drachenjunge. »Wir können schweigen wie die Wolken.«
»Und wie der Mond«, ergänzte Ylvia.
»Wir können dich beschützen«, fügte Adino etwas großspurig hinzu. »Wir helfen dir, wenn du uns hilfst.«
»Könnt ihr Godoflodo auch viele leckere Feigen schenken?« Der Flughund schob sich das letzte Stück seiner Frucht in den Mund und kaute so heftig, dass der Saft nach allen Seiten spritzte.
»Ja, natürlich«, sagte Adino schnell. »Du bekommst gleich noch mehr. Verrate uns nur, welchen Auftrag du hast und wo dein Herr König sich versteckt hält.«

Godo blickte ängstlich von einem zum anderen. Dann schüttelte er den Kopf. »Zu gefährlich für Godoflodo«, wisperte er.
»Gefährlich wird es für dich, wenn du uns nichts sagst«, drohte Dragid. »Falls du es nicht bemerkt haben solltest: Du bist unser Gefangener.«
Godo starrte durch das Netz und schielte ein wenig dabei. »Schon gemerkt«, gab er zu. »Gar nicht gut.« Einen Moment sah er hinter dem Algennetz so ratlos und traurig aus, dass Dragid Mitleid bekam. »Es liegt an dir«, sagte er etwas freundlicher. »Wenn du uns Drachen hilfst, hast du viele Freunde in Feuerland.«
Der Gesichtsausdruck des Flughundes änderte sich nicht wesentlich. »Was nützen Godoflodo neue Freunde, wenn Godoflodo dann ein mausetoter Godoflodo ist?«
Adino holte drei Feigen aus seinem Beutel und begann, mit ihnen zu jonglieren. »Willst du die nicht haben?«, fragte er dabei. »Alle fünf?«, erkundigte sich Godo.
»Alle, die du hier siehst«, sagte Adino und jonglierte noch ein bisschen schneller.
»Alle ... acht?«, fragte der Flughund etwas verwirrt. Adino warf die Früchte jetzt so schnell in die Höhe, dass wirklich nicht mehr zu erkennen war, um wie viele es sich handelte.
»Alle ... zehn?« Der Flughund fuhr mit der Zunge gierig über sein Mäulchen.
»Du hast die Wahl«, sagte Ylvia. »Entweder Freiheit und Feigen oder ...«

»Oder wir werfen dich in den Gelben See«, fügte Dragid hinzu. Er versuchte, seine Stimme fest und entschlossen klingen zu lassen, damit der Flughund

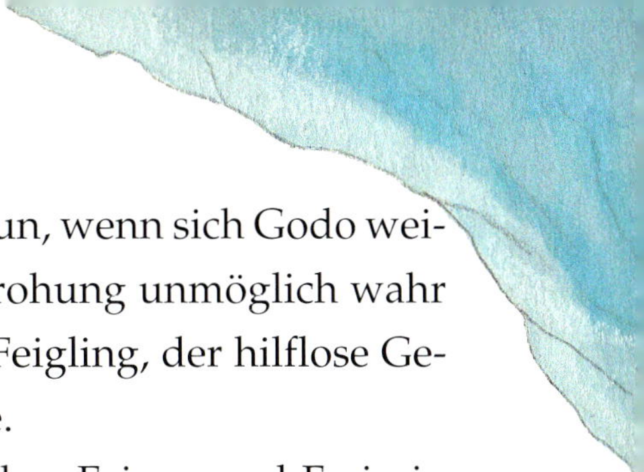

ihm glaubte. Was sollten sie bloß tun, wenn sich Godo weiter stur stellte? Er konnte seine Drohung unmöglich wahr werden lassen. Er war doch kein Feigling, der hilflose Geschöpfe wo auch immer versenkte.

Der Flughund überlegte eine Weile. »Feigen und Freisein besser für Godoflodo«, entschied er sich schließlich.

»Gut«, sagte Dragid und atmete auf. »Dann erzähle uns erst mal von der Nacht der Finsternis. Was hast du in der Höhle der Drachenkönigin gemacht?«

Der Flughund verfolgte mit den Augen Adinos Kunststücke. Der Junge warf die Feigen jetzt alle auf einmal in die Luft und fing sie blitzschnell in dem weit geöffneten Lederbeutel auf. Godo blinzelte enttäuscht, als wären die Früchte für immer verschwunden.

»Nun sag schon«, forderte Dragid ungeduldig. »Was hast du gesehen? Du solltest mich beobachten, oder? Du weißt, wer das Ei gestohlen hat, nicht wahr?«

»Erst Freisein«, verlangte Godo und zerrte an dem Netz, das ihn umhüllte. »Erst Freisein und Feigen.«

9. KAPITEL

Godo umarmte die drei Feigen mit seinen Flügeln und warf Adino misstrauische Blicke zu, als rechnete er damit, dass der Salamanderjunge ihm die Früchte gleich wieder wegnehmen würde. Adino achtete jedoch gar nicht auf das Tier. Er legte das Algennetz sorgfältig zusammen und stopfte es zurück in den Beutel.

Dragid fürchtete schon, dass Godo kein Sterbenswörtchen verraten würde, da seufzte der Flughund tief und sagte zögernd: »Ugor der Erste, der große Schlangenkönig, hat das Dings . . . also das Ei eurer Drachenkönigin entführt.« Godo zog die Schultern ein Stück hoch, als wollte er sich am liebsten hinter sich selbst verstecken. »Die fette Kröte Flupsch hat ihm dabei geholfen. Und . . . Godoflodo.« Er stockte und starrte Ylvia an, deren Augen wütend zu funkeln begannen. »Godoflodo hat das Ei nicht angerührt – heiliges Flattertierehrenwort. Er ist nur ein kleiner Spion«, versuchte er, sich gegen den stummen Vorwurf zu verteidigen. »Godoflodo ist der Höhlenauskundschafter für Seine Majestät, den König der Schlangen.«

Dragid nickte. »Soll das heißen, du hast gesehen, wie ich eingeschlafen bin, und dann bist du losgeflogen und hast diesen Ugor geholt?«
Godo sagte nichts und umklammerte die Früchte noch fester.
»Wo steckt der Dieb jetzt?«, bohrte Dragid weiter.
»Godoflodo musste es tun«, murmelte der Flughund mit einem Hauch Verzweiflung in der Stimme. »Sonst hätte Ugor der Erste seine schwarzen Gläser von seinen bösen Augen abgenommen.«
»Der Basilisk trägt eine Sonnenbrille?«, fragte Adino verblüfft.
Godo nickte zaghaft.
»Eine was?«, erkundigte sich Ylvia. Auch Dragid wartete gespannt auf die Antwort. Von Sonnenbrillen hatte er noch nie etwas gehört.
»Man benutzt sie, um sich vor dem Sonnenlicht zu schützen«, erklärte Adino. »Manche Wesen kommen von weit her, um die blaue Wüste zu sehen. Aber wenn sie da sind, fürchten sie sich vor der Sonne und setzen schwarze Glasscheiben auf ihre Augen.«
Dragid schüttelte verwundert den Kopf. Er wollte Adino noch etwas über Sonnenbrillen fragen, doch da hörten sie plötzlich ein dumpfes Grollen. Der Flughund machte einen Satz und versuchte aufzufliegen. Aber das Gewicht der drei Feigen, in die er seine Krallen geschlagen hatte, hielt ihn zurück.

Das Geräusch ertönte ein zweites Mal. Es klang, als würde der erloschene Vulkan plötzlich noch einmal ausbrechen. Direkt unter dem Felsgestein, auf dem sie standen, schien sich etwas zu bewegen.

»Wo ist dieser Ugor jetzt?«, fragte Dragid da.

»Er ist hier«, wisperte Godo. »Er ist unter uns. Wahrscheinlich ist Seine Majestät gerade erwacht.«

»Was soll das heißen: Er ist hier?«, fragte Ylvia und stieß ein kurzes nervöses Wolfsjaulen aus.

»Es gibt eine Grotte unter dieser Höhle«, flüsterte Godo. Seine Flügel begannen plötzlich zu zittern, aber er ließ die Früchte noch immer nicht los. »Ugor der Erste ruht sich dort manchmal aus. Meistens schläft er tief und fest.«

»Wie gelangt man hinunter?«, wollte Ylvia wissen.

Der Flughund drehte seinen Kopf und zeigte mit der Nase in den hinteren Teil der Höhle, der verborgen im Dunkel lag. »Dort drüben gibt es einen Schacht, der führt direkt in den Bauch des Schwarzen Berges.«

»Ist sonst noch jemand da unten?«, fragte Dragid.

»Nur Flupsch, die Kröte«, antwortete Godo. »Sie sitzt Stunde für Stunde auf dem Ei der Drachenkönigin, um es auszubrüten.«

Eine Weile schwiegen sie und lauschten den dumpfen Geräuschen, die wahrscheinlich von Ugors stampfenden Schritten kamen.

Dragid dachte an das goldene Ei, auf dem jetzt eine fette Kröte saß. Er fühlte eine Gänsehaut auf seinem Rücken und feuerheiße Wut im Bauch. Auch das Mal auf seiner Stirn brannte. Am liebsten wäre er losgestürmt, um das Ei zu holen. Ylvia und Adino schien es nicht anders zu gehen. Ylvia knurrte vor Ärger und Adino lief unruhig auf und ab.

Nachdenklich betrachtete Dragid seine Freunde, und plötzlich fiel ihm ein, was zu tun war. »Ich habe einen Plan«, sagte er.

10. KAPITEL

Zögernd warf Godo noch einen Blick auf seine Feigen, dann flog er los und verschwand im Düstern der Höhle. Er tauchte in den Schacht hinab, so wie Dragid es ihm aufgetragen hatte.

»Und du meinst, wir können diesem Flughund trauen?«, fragte Adino.

»Uns bleibt nichts anderes übrig«, antwortete Dragid. Ganz wohl war ihm dabei nicht zumute. Allerdings war Godo nur mit einer kleinen Aufgabe betraut. Er sollte nichts weiter tun, als eine Nachricht zu überbringen. Wenn Ugor hörte, welche Gäste eingetroffen waren, würde er gewiss nicht lange zögern und seine Grotte verlassen. Für Zweifel an seinem Vorhaben hatte der Drache jetzt ohnehin keine Zeit.

Dragid blickte sich in der Höhle um und entdeckte einen Felsbrocken. »Versteck dich dort hinter diesem Felsen«, sagte er zu Adino. »Und warte auf ein Zeichen.«

»Was für ein Zeichen?«, fragte der Salamanderjunge.

Dragid überlegte kurz. »Ich werde niesen«, sagte er dann.

Etwas Besseres fiel ihm im Moment nicht ein. Niesen erschien ihm unauffällig genug für einen Gegner und auffällig genug für Adino.

»Bist du sicher, dass du den Schacht ohne Hilfe hinunterklettern kannst?«, fragte Ylvia.

»Wir Salamandermenschen gehören zu den besten Kletterkünstlern, die es gibt«, behauptete Adino. »Sobald ein Salamandermensch laufen kann, lernt er, auf Palmen zu klettern. Wir haben besondere Füße, müsst ihr wissen.« Er zwinkerte Dragid und Ylvia zu. »Es sind keine gewöhnlichen Menschenfüße. Unsere Zehen haften wie bei einem Gecko. Habt ihr schon mal einen Gecko an einer Felswand entlangkriechen sehen?«

Ylvia lächelte und blickte verstohlen auf Adinos nackte Zehen hinab. Aber außer, dass sie ziemlich schmutzig waren, konnte sie nichts Besonderes entdecken. »Geckos gibt es in Feuerland wie Sand in der blauen Wüste«, meinte sie. Na ja, das war nun doch et-

was übertrieben. Aber auf Genauigkeit kam es im Moment auch nicht an.

»Nun, dann wisst ihr ja, wie wir klettern können.« Adino prahlte nicht mit seinen Fähigkeiten. Er erzählte davon, als wäre seine Begabung das Normalste auf der Welt.

Plötzlich ertönte etwas wie ein Donnergrollen aus der Tiefe des Schachts. Dann hörten sie ein lautes wütendes Krähen.

Blitzschnell kletterte Adino über den Felsbrocken und versteckte sich.
»Bleib hinter mir!«, rief Dragid Ylvia zu. »Und was er auch tut, sieh dem Basilisk nicht in die Augen!«
Als Nächstes hörten sie Flügelschlagen. Aber es war nur Godo, der aus dem Schacht emporflatterte. Ohne auf die Drachen zu achten, flog er geradewegs auf seine Feigen zu, biss in die größte hinein und sauste, die Frucht zwischen den Zähnen, an die Höhlendecke hinauf. Godo hängte sich kopfüber an einen Felszacken und kaute so hastig, als hätte er nächtelang nichts gegessen. Ein wenig Feigensaft tropfte auf Ylvias wolligen Schädel hinab. Die Drachin sah zu ihm auf und fauchte leise, aber den Flughund schien das wenig zu beeindrucken.
Ein zweites Mal erklang das schauerliche Krähen, das kreischend begann und dann in ein heiseres Krächzen umschlug, als würde dem Wesen in der Tiefe vor Wut die Stimme versagen. Dann wurde es mit einem Mal still.
Dragid lauschte angestrengt. Er fühlte das Mal auf seiner Stirn wachsen – als wollte es ihn warnen. Der Basilisk wusste jetzt von Godo, dass Drachen in seiner Höhle waren. Aber wie würde er reagieren? Würde er tatsächlich das goldene Ei dort unten zurücklassen, in der Obhut einer Kröte? So sah es jedenfalls Dragids Plan vor: Während Ylvia und er selbst den Schlangenkönig ablenkten, sollte Adino die Kröte mit dem Netz einfangen, das Ei holen und sich

in ein sicheres Versteck begeben. Doch was wäre, wenn alles ganz anders kam?
Ein Rauschen zerschnitt seinen Gedanken. Ein übel riechender Dampf stieg aus dem Abgrund auf. Gleichzeitig war das Schlagen von schweren Flügeln jetzt deutlich zu hören. Dragid trat einen Schritt zurück und bemerkte dabei, dass sich Ylvia nicht hinter ihm, sondern direkt neben ihm befand. Ihre Flügel berührten einander, und gerade, als Dragid sie erneut warnen wollte, schoss ein dunkler großer Körper in den Raum und landete mit einem dumpfen Schlag auf dem Vulkansteinboden.

11. KAPITEL

Obwohl Dragid sich fest vorgenommen hatte, das Untier nicht anzusehen, musterte er es doch hinter gesenkten Lidern. Zu seiner Erleichterung bemerkte er als Erstes die Sonnenbrille in dem Hahnengesicht. Nie zuvor hatte der Drache ein so seltsames Wesen gesehen! Auf dem braunen Hühnerkopf saß ein geschwollener Kamm und auf dem Kamm befand sich eine mit Edelsteinen besetzte Krone. Die Kehllappen waren fleischig und feuerrot, und der lange Adlerschnabel wirkte stark und gefährlich. Unter diesem seltsamen Kopf ringelte sich ein gewaltiger Schlangenkörper, an dem zwei Flügel saßen. Die Schwingen ähnelten denen eines Drachen, doch waren sie nicht mit Schuppen, sondern mit metallisch glänzenden Federn besetzt.

Die Beine sahen plump aus und irgendwie zu kurz geraten, als wären sie eigentlich für ein anderes Tier gedacht gewesen.

Der Basilisk öffnete seinen Schnabel und fauchte. Eine kalte Dampfwolke streifte Dragid, die ihm aber nichts anhaben

konnte. Zu seiner Verblüffung nahm der Drache eine eisblaue Zunge und eine Reihe kleiner spitzer Zähne in dem Schnabel wahr.

»Was habt ihr hier zu suchen?!« Der Schlangenkönig hielt seine Flügel seltsam steif nach oben, sodass sie seinen Rücken verdeckten. Vielleicht hatte er dort eine verletzliche Stelle und wollte sie schützen?

»Du weißt, was wir wollen«, sagte Dragid ruhig. Dabei versuchte er, dem Wesen nicht ins Gesicht zu sehen. Die Sonnenbrille konnte der Basilisk jederzeit abstreifen, und dann waren sie seinem Blick ausgeliefert. Dragid hoffte, dass auch Ylvia sich vorsichtig verhielt. Er traute sich nicht, sich nach ihr umzusehen und seinen Widersacher auch nur einen Moment aus den Augen zu lassen.

»Was erlaubt ihr euch?«, krächzte der Schlangenkönig. »Ihr wagt es, in mein Reich einzudringen?«

»Du hast etwas, das uns gehört«, meldete sich Ylvia mutig zu Wort. »Und wir wollen es zurück!«

Das Wesen stieß ein gackerndes Gelächter aus. »Du, ein Drachenmädchen im Wolfspelz, forderst etwas von *mir*, König Ugor dem Ersten?«

»So ist es.« Ylvias Stimme verriet keine Spur von Unsicherheit. »Das goldene Ei gehört der Drachenkönigin Otronia in Feuerland. Wir sind gekommen, um es zurückzuholen.«

»Du bist mutig, Mädchen«, sagte der Basilisk. »Mutig und dumm. Eure alte Drachenkönigin wird bald sterben und eine neue wird es nicht geben. Ugor der Erste ist dann der Herrscher über alle Länder, auch über euer Feuerland. Das Drachenei wird von einer Kröte ausgebrütet. Wenn das Junge schlüpft, wird es mein Nachkomme sein und nicht der eure.«

Dragid spürte die Wut in sich brodeln. Es sprudelte in ihm, wie in dem gelben Kratersee des Vulkans. Am liebsten hätte er seinen Gegner jetzt zum Kampf herausgefordert, koste es, was es wolle. Aber er beherrschte sich. Der Basilisk hatte seine Brille noch nicht abgenommen, und er redete mit ihnen. Das war immerhin ein gutes Zeichen.

»Aus dem Drachenei wird niemals ein Basilisk schlüpfen«, stellte Dragid sachlich fest und musste plötzlich laut niesen. »Schließlich schlüpft aus einem Vogelei auch kein Krokodil.« Dragid sah, wie Adino aus seinem Versteck hervorkam, und ohne dass der Basilisk es bemerkte, in den Schacht hinabkletterte. Von Adino war kein Laut zu hören, trotzdem scharrte der Drache vorsichtshalber geräuschvoll mit dem Geröll unter seinen Füßen.

Das Untier senkte den Schnabel. »Das weiß ich selbst«, murmelte er. »Aber ich werde das Drachenmädchen wie meine Tochter behandeln. Es wird ihr nichts Böses geschehen. Ich werde ihr das Fliegen beibringen, und sie wird eine Königin sein, wenn sie erwachsen ist. Das könnt ihr Otronia ausrichten. Und jetzt geht, bevor ich es mir anders überlege!«

Ylvia und Dragid rührten sich nicht vom Fleck.
»Ich verstehe, dass du einsam bist«, sagte Ylvia sanft. »Ich respektiere deine Gefühle, aber . . .«
»Gefühle – pah!«, machte Ugor der Erste verächtlich. »Hier geht es nicht um dumme Gefühle. Es geht um Macht! Es geht darum, mein Reich zu vergrößern, für immer und

ewig!« Die letzten Worte schleuderte der Basilisk nur so aus seinem Schnabel. Die wölfische Sanftmut Ylvias hatte ihn offenbar wütend gemacht. »Zum letzten Mal: Verschwindet!« Ugor stampfte mit seinen plumpen Beinen auf. »Verschwindet oder ihr werdet es bereuen!«

»Hast du schon mal versucht, selbst ein Ei zu legen?«, fragte Ylvia da, immer noch in einem verführerisch sanften Ton.

Dragid vergaß seine Vorsicht und sah sich überrascht nach der Drachin um. Wollte sie ausgerechnet jetzt Witze machen?

»Wie könnte ich das«, antwortete Ugor mürrisch. »Sehe ich aus wie eine Henne?«

»Natürlich nicht«, sagte Ylvia. »Du bist ein Basilisk. Und soweit ich aus dem Unterricht von der Lehre über die Mischwesen weiß, können Basilisken Eier legen. Und zwar alle sieben Jahre eines.«

Ugor seufzte tief und schmerzvoll. »Was denkst du, wie oft ich es schon versucht habe. Alle sieben Jahre hocke ich mich in einen Busch und drücke und drücke. Und es kommt nichts dabei heraus. Jedenfalls kein Ei.« Einen Moment ließ er die Flügel sinken, und Dragid sah etwas Goldenes auf seinem Rücken aufblitzen. Der Schlangenkönig hob seine Schwingen gleich wieder an, aber Dragid hatte genug gesehen: Ugor trug das goldene Ei auf seinem Rücken! Und Flupsch, die Kröte, hielt es mit ihren Vorderbeinen fest.

»Und jetzt sind schon wieder sieben Jahre vergangen, und nichts ist passiert. Also habe ich mir Otronias Nachwuchs geholt«, erklärte der Basilisk trotzig.
»Du solltest es bei Vollmond versuchen«, sagte Ylvia. Nichts in ihrer Stimme verriet, dass sie das Ei der Drachenkönigin auch entdeckt hatte. Doch Dragid wusste, dass sie es gesehen haben musste. »Du brauchst nur einen besonderen Trank und das Licht des runden Mondes.«
»Einen besonderen Trank?«, fragte Ugor neugierig.
Ylvia nickte. »Es ist ein einfaches Rezept. Die Kröte kann dir den Trank bereiten. Ich verrate dir die Zutaten, wenn du uns das goldene Ei zurückgibst.«
Dragid schnaubte erstaunt. Was Ylvia alles wusste! Vielleicht hätte er in der Drachenschule doch etwas besser aufpassen sollen. An die Lehre über die Mischwesen konnte er sich überhaupt nicht erinnern. Wahrscheinlich hatte er gerade im falschen Moment die Feuerlandpocken gehabt. Kleine gelbe Pusteln, die von der Schnauze bis zur Schwanzspitze sprossen und schrecklich juckten. Drachen mit Feuerlandpocken brauchten nicht in die Schule. Sie dösten den lieben langen Tag auf ihrem Mooslager herum und sahen den Libellen beim Tanzen zu.
»Handelt es sich um einen geheimen Zaubertrank?«, wollte der Basilisk wissen.
»Natürlich«, antwortete Ylvia. »Aber für dich werde ich das Geheimnis lüften. Die erste Zutat trägst du übrigens

am eigenen Leib. Und die zweite findest du in dieser Höhle. Willst du es genauer wissen?«

Der Basilisk stieß ein Krächzen aus, das wohl ein Ja bedeuten sollte.

»Gut, dann tauschen wir«, sagte Ylvia schnell. »Du bekommst das Rezept und überlässt uns dafür das goldene Ei.«

Der Basilisk klappte zögernd den Schnabel auf und zu. »Woher weiß ich, dass ich dir trauen kann?«, fragte er misstrauisch.

Ylvia stieß ein unwilliges Knurren aus. »Willst du die Zutaten nun wissen, oder nicht?«

Statt zu antworten, ließ Ugor langsam die Flügel sinken. Auf seinem Rücken leuchtete es, und ein goldener Strahl fiel auf die Wände der Höhle. Die Kröte Flupsch blickte den beiden Drachen glasig entgegen und blies die Backen auf. Mehr als ein kurzes überraschtes *Quak* ließ sie nicht von sich hören.

Gerade als sich Dragid und Ylvia vorsichtig dem Basilisk näherten, um nach dem Ei zu sehen, polterte es plötzlich. Steine krachten in die Tiefe hinab. Adino kletterte aus dem Schacht und sprang blitzschnell hinter den Felsbrocken. Aber es war bereits zu spät. Ugor hatte ihn schon bemerkt. Der Basilisk zog die Flügel wieder hoch und krähte schrill.

12. KAPITEL

Keine Angst, er ist unser Freund!«, rief Ylvia. Doch Ugor achtete nicht darauf. Mit einer Wendigkeit, die man ihm nicht zugetraut hätte, schüttelte er die Sonnenbrille ab und richtete seinen Blick auf Adinos Versteck. Auf einmal

knallte es ohrenbetäubend. Der Felsen zersprang in tausend kleine Steine. Durch die ganze Höhle flogen die Brocken. Dragid spürte einen Schmerz am Hals, und Ylvia jaulte erschrocken auf. Godo flatterte wie wild über ihren Köpfen, seine angebissene Feige sauste hinab und zersprang zu Feigenmus. Der Flughund quiekte verzweifelt.

Dragid hielt nach Adino Ausschau. Aber er konnte ihn nirgendwo erblicken. Der Basilisk stand mit dem Rücken zu ihnen und untersuchte die Stelle, an der eben noch der Felsen gewesen war. Dragid hörte sein wütendes Schnaufen.
»Wo bist du, Feigling!«, krächzte Ugor. »Zeig dich, wenn du ein Mann bist.«
»Er ist kein Mann«, sagte Dragid mit fester Stimme. »Er ist ein Junge. Und wenn du ihm ein Leid zufügst, bekommst du es mit mir zu tun, das verspreche ich dir.« Dragid sprach so ruhig, als würde er von einem Nachmittagsausflug an den See der Perlen erzählen. Doch sein Herz schlug wie verrückt. Es war nicht zu überhören, dass er dem Basilisk drohte, und der würde sich das kaum gefallen lassen.
»Bleib hinter mir!«, rief er Ylvia zu, und schon im gleichen Moment drehte sich Ugor nach ihnen um. Dragid zögerte keine Sekunde. Wie eine riesige Fontäne schoss das Wasser aus seinem Rachen. Er bemerkte, dass der Wasserstrahl sich wie ein Regenbogen krümmte. Kam das von Taros Zeichnung, die er auf seiner Hand trug? Ja, so musste es wohl sein. Der alte Drache hatte ihm in weiser Voraussicht den Schutz des Regenbogens verliehen, als er ihm das Symbol auf die Haut malte. Einen Moment kam es Dragid so vor, als wäre Taro an seiner Seite, und er spürte die Kraft der Feuerlanddrachen in sich. Er hörte das wütende Krähen des Basilisk. Er hörte, wie Ugor mit den Beinen aufstampfte und mit den Flügeln schlug. Doch Dragid fühlte sich stark und spie mehr

und mehr Wasser. Der Basilisk krächzte kläglich. Dann gurgelte etwas in seiner Kehle. Ugor hustete und schnappte nach Luft. Dragid hielt einen Moment inne, um neue Kräfte zu sammeln. Da traf ihn Ugors eisiger Atem. Er war eisiger als der kälteste Wind im kältesten Winter. Das Wasser gefror in der Luft, und der Drache spürte, wie seine Nüstern vor Kälte erstarrten und wie ihm kleine Eiszapfen am Kinn wuchsen. Er vernahm noch einmal ein heiseres Krähen. Dann war es plötzlich still.
Dragid wagte nicht, in die Richtung des Basilisken zu schauen. Sicher wartete Ugor nur auf eine günstige Gelegenheit, seinen Blick auf ihn zu richten. Der Drache schaute auf eine gefrorene Pfütze zu seinen Füßen, eine ziemlich große Pfütze, die in den Farben des Regenbogens glänzte. Die hauchzarte Eisschicht wirkte wie ein Spiegel. Verschwommen sah er den Basilisk, der stumm und starr dastand.
»Wir haben gewonnen«, sagte plötzlich eine Stimme.
Dragid blickte auf. Adino stand auf dem Rücken des Basilisken und hob das goldene Ei in die Höhe. Die Kröte saß in dem Netz und strampelte verzweifelt. Einen Moment traute der Drache seinen Augen nicht. Der Basilisk rührte sich kein bisschen. Aber sicher war Ugor nur überrascht von Adinos Dreistigkeit und würde ihn im nächsten Moment abwerfen. Dragid hielt den Atem an. Doch nichts geschah. Nur Flupsch, die Kröte, quakte. Sie zappelte und trat um

sich, bis das Netz riss. Die Kröte ergriff die Gelegenheit zur Flucht, aber niemand achtete auf sie. Der Basilisk stand starr wie ein toter Baum. Was war geschehen?

Schlief Ugor der Erste etwa? Oder war er gar im Eis festgefroren?

»Er hat sein Spiegelbild gesehen«, sagte Ylvia da und klopfte mit ihren Klauen sacht auf die vereiste Pfütze. »Er hat sich selbst in die Augen gesehen.«

»Ist er tot?«, fragte Dragid erschöpft. Das Sprechen fiel ihm etwas schwer mit den Eiszapfen an seinem Kinn.

Adino balancierte vorsichtig auf dem Schlangenleib. »Es sieht aus, als würde er gerade versteinern«, sagte er. »Seht ihr seine Federn? Sie sind schon hart wie erstarrte Lava.«

Argwöhnisch liefen die Drachen eine Runde um den reglosen Basilisk herum. Eine durchsichtige Schicht legte sich um seinen Körper und Stück für Stück wuchs ihm so etwas wie eine zweite Haut, eine Haut aus Stein.

Godo flatterte aufgeregt über ihnen und ließ sich schließlich auf Ylvias Kopf nieder. Der Flughund krabbelte weiter bis zu ihrem Ohr und klammerte sich an der Feder fest. Ylvia schüttelte unwillig ihren Kopf und Godo landete quiekend mit der Basiliskenfeder in den Krallen auf der Erde. Die Wolfsdrachin schnaubte leise. Sie bemerkte Godos Treiben nicht. »Kann sein Blick uns jetzt nichts mehr anhaben?«, fragte sie den Salamanderjungen.

»Nein«, antwortete er. »Auch seine Augen sind jetzt aus

Stein.« Adino lächelte seinen Freunden zu. Er hielt das Ei wie ein Baby in den Armen und schaukelte es sacht. »Worauf warten wir eigentlich noch? Fliegen wir endlich!«

»Kleine Drachenkönigin«, murmelte Dragid, während Adino auf seinen Rücken kletterte. »Jetzt bringen wir dich nach Hause.«

Es war windstill, und sie kamen auf ihrem Rückflug schnell voran. Adino saß auf Dragids Rücken und hielt das Ei fest umschlungen. Ylvia flog dicht neben ihnen und schaute zu Adino hinauf.

»Wie hast du es nur geschafft, Ugor dem Ersten zu entwischen?«, fragte sie.

»Als ich sah, dass er mich bemerkt hat, bin ich um den Felsen herumgelaufen«, erzählte der Salamanderjunge, »dann habe ich mich auf den Boden geworfen und bin unter den Basilisk gekrochen. Nun brauchte ich nur noch einen günstigen Moment abwarten und meine Salamanderkletterkünste anwenden. Während der Basilisk den Felsbrocken mit seinem Blick zerstörte, war ich schon auf seinem Rücken.« Adino musterte die Wolfsdrachin. »Wo ist eigentlich die Feder geblieben?«

Ylvia erschrak. »Wahrscheinlich hat Godo sie geklaut.«

»Vielleicht will er ja die Zauberkraft nutzen und etwas Kleines in etwas Großes umformen«, meinte Dragid. »Und dann besucht uns bald ein Riesenflughund.«

»Schon möglich«, sagte Adino ernst. »Oder er will etwas Erstarrtes in etwas Lebendiges verwandeln oder genauer gesagt: zurückverwandeln.«

Die Drachen tauschten besorgte Blicke.

»Dann ist die Gefahr für das Feuerland noch nicht vorbei«, sagte Ylvia.

Bereits seit einiger Zeit segelten sie über die Blaue Wüste. Bevor Adino in sein Salamanderdorf zurückkehrte, begleitete er seine Drachenfreunde ins Feuerland und sorgte dafür, dass das Ei sicher in Otronias Höhle landete.
Nachdenklich flog Dragid neben Ylvia her. »Kennst du wirklich einen Zaubertrank für Basilisken, die ein Ei legen möchten?«, fragte er sie und wunderte sich, wie komisch seine Frage klang.
Ylvia lachte, dann stieß sie ein Seufzen aus. »Ich konnte mich dunkel an einen Spruch erinnern, in dem es tatsächlich darum geht, was ein Basilisk anstellen muss, um ein Ei zu legen.«
Dragid staunte über den traurigen Ton in Ylvias Stimme. »Er tut dir doch nicht etwa leid? Dieser Ugor hätte, ohne mit der Wimper zu zucken, seinen Blick auf dich und mich gerichtet!«, schnaufte Dragid wütend. »Er hat das Ei gestohlen, weil er damit die Macht über Feuerland erlangen wollte!«
Ylvia sah ihn von der Seite an, und Dragid bemerkte ein warmes Funkeln in ihrem Blick. »Danke, dass du mir das Leben gerettet hast«, sagte sie sanft und lächelte. »Du Wasser speiender Held«, fügte sie etwas spöttisch hinzu.
In Dragids Bauch schmolz die Wut wie Schnee in der Wüstensonne – falls es in der Wüste einmal schneien sollte.
Ylvia zwinkerte ihm zu. Sie streifte ihn mit einem Flügelschlag und flog ein Stück voran. Dragid folgte ihr und bedauerte ein bisschen, dass er nicht mit seinen Flugkünsten

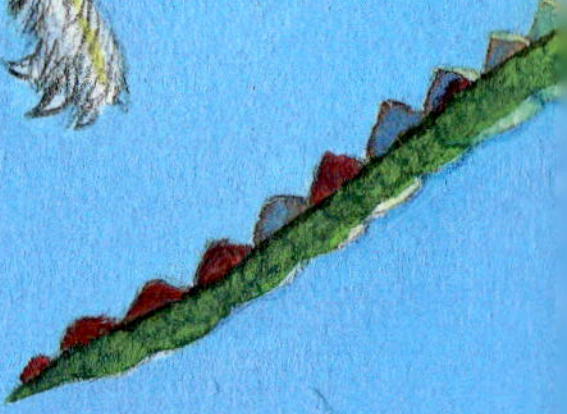

angeben konnte. Wären Adino und das goldene Ei nicht auf seinem Rücken, hätte er wenigstens einen doppelten Salto für Ylvia gedreht.

In der Ferne konnte Dragid schon das Feuerland erkennen. Zuerst erblickte er die drei Vulkane, in denen die Lava brodelte, dann sah er auch den See der Perlen, den Glitzernden Fluss mit seiner reißenden Strömung und den Dampfenden Sumpf. Das flirrende Licht der blauen Wüste umgab sie noch und unter ihnen schillerten die Sterne und der Mond, der fast schon voll war. Bald, wahrscheinlich schon in wenigen Stunden, würde aus Otronias Ei die künftige Königin der Drachen schlüpfen.

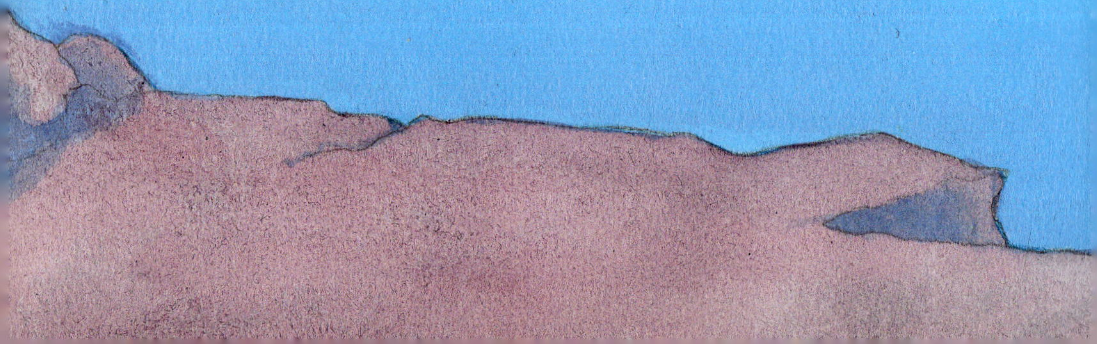

Grit Poppe

Dragid Feuerherz

Die Perle des Lichts

Dunkle Schatten liegen über Feuerland. Nur die Perle des Lichts kann das Land der Drachen vor der ewigen Finsternis retten. Dragid Feuerherz und seine Freunde geraten in die Fänge der gemeinen Waldfee Wanda. Es beginnt ein spannender Kampf um die Zukunft der Drachenwelt. Kann der junge Drache das Feuerland retten?

ISBN 978-3-401-09149-5
Gebunden. Ab 8 Jahren. 104 Seiten.
Mit zahlreichen Illustrationen.

www.arena-verlag.de

EDITION BÜCHERBÄR

GLITZERNDER
FLUSS
OTRONIAS
HÖHLE
DAMPFENDER
SUMPF
SUMPFGRASTAL
VULKANE
TAL DER
WISPERNDEN
BÜSCHE
SEE DER PERLEN
MEER
DER
TRÄUME
FEUERLAND
BLAUE